3 patrons robustes et une fille désemparée

Dave Kerlson

3 PATRONS ROBUSTES ET UNE FILLE DÉSEMPARÉE

First edition. June 12, 2024.

ISBN: 979-8227800763

Written by Dave Kerlson.

Also by Dave Kerlson

Compagnon oublie

Protégé

Te Laisser partie

Chaleur Interdite

Le chaton du viking

Ombres et désir

Le Joker De la Riene

Ne Touchez pas

3 Patrons Robustes et une fille Désemparée

À Court de Loyer

La vie de Michelle Carter ne peut pas être pire que ça. Son tout nouveau food truck explose, ce qui n'aurait pas été si terrible si elle avait pris le temps de l'assurer. C'était la prochaine étape sur sa liste de choses à faire, honnêtement. Et maintenant, le mafieux à qui elle doit une grosse somme d'argent a revendiqué ses doigts, tous si elle ne paie pas.

Son employé de banque lui a dit de trouver un emploi pour pouvoir obtenir un prêt, mais elle a vingt-deux ans, une rêveuse sans expérience professionnelle, et le temps presse pour elle. Elle est aussi trop fière pour demander de l'aide... Enfin, elle est plus gênée de dire pourquoi elle a besoin d'aide. Les gens sensés n'acceptent pas l'argent des usuriers.

Mais lors d'un barbecue familial, avec du maquillage sur le visage et une paire de sourcils supplémentaire, grâce à sa petite nièce, elle surprend que les meilleurs amis de son frère ont besoin d'une sonorisation depuis leur précédent, relevés et partis se marier.

Michelle est leur fille.

Elle est absolument certaine que si on lui donne une petite chance, elle peut faire le travail. Ses doigts sont en jeu, pour l'amour de Dieu.

Sauf que les propriétaires d'entreprises de construction, Marc Johnston, Jake Knight et Evan Saunders feront tout ce qui est en leur pouvoir pour ne pas avoir la petite sœur de leur meilleur ami dans leur espace. Pas même une minute.

Chapitre 1

Michelle Carter croisa les bras sur sa poitrine, fit la grimace et fourra une autre fraise enrobée de chocolat dans sa bouche. Elle détestait tout, du soleil éclatant au ciel bleu clair et, par-dessus tout, ces stupides fraises enrobées de chocolat.

Elle détestait tellement les fraises que chaque fois qu'elle les voyait, elle les mangeait par vengeance, se bourrant le visage comme une folle et s'assurant de les mâcher avec colère également.

Pourquoi ne pouvait-elle pas être une de ces filles qui gambadaient au bord de la piscine en bikinis étriqués, des boissons aux couleurs de l'arc-en-ciel à la main, avec leurs cheveux parfaits et leur vie parfaite ?

Ils n'avaient pas à se soucier d'avoir un toit au-dessus de leur tête ou de manger sur leur table. D'accord, elle exagérait ; elle aurait toujours un endroit où rester avec son frère et sa femme et se contenter de manger leur nourriture, mais elle et les filles dans la piscine n'étaient pas le même genre de jeunes de vingt-deux ans.

Ils ne devaient pas trente mille dollars à un chef de la mafia, en plus de tout ce qui avait récemment explosé dans sa vie.

Non, ils ne seraient pas si stupides de se retrouver mêlés à des gens qui menaçaient de lui couper les doigts un par un et de les conserver dans leur réfrigérateur si elle ne payait pas.

À ce stade, elle ne voulait même pas être riche. C'était ça. Plus besoin d'essayer de conquérir le monde avec ses idées stupides. Le moment était venu pour elle de mettre de côté ses rêves d'entrepreneur. De toute façon, rien de bon n'en est sorti, pas depuis sa première aventure désastreuse au collège.

Elle n'avait aucune idée de ce qui n'allait pas lors de la fabrication maison de son brillant à lèvres en édition limitée – une édition limitée parce qu'elle n'avait plus assez d'argent pour en fabriquer davantage. Elle vendait du brillant à lèvres à la fraise – ce qui expliquait pourquoi elle détestait tant les fraises – à l'école, mais au moins la moitié de ses clients ont eu une réaction allergique et ressemblaient à des poissons-globes, des poissons-globes en colère.

Elle a eu de la chance que le directeur l'apprécie suffisamment et a réussi à dissuader les autres parents de poursuivre sa famille en justice pour tout ce qu'ils possédaient.

Maintenant, elle était complètement fauchée. Peu importe le chameau. Elle ne pouvait même pas se permettre une paille pour lui briser le dos.

Pourquoi ne pouvait-elle pas être normale ? Mais, oh non, pas elle. Elle a choisi à plusieurs reprises l'itinéraire difficile sans le moindre indice, sans lampe de poche ou GPS. Elle a choisi le chemin qu'aucune personne sensée ne choisirait volontairement. De toute évidence, elle adorait la punition, ce qui défiait le fait qu'elle était un gros bébé en dessous de tout cela, et elle pleurait quand elle avait une écharde dans le petit doigt.

Arg.

"Michelle, perds ta robe de grand-mère et viens jouer avec nous. C'est mon anniversaire pour avoir crié à haute voix, et c'est censé être une fête au bord de la piscine."

"Je n'ai pas apporté de maillot de bain", a dit Michelle d'un ton boiteux à la grande fille aux longues jambes se prélassant dans la piscine comme un mannequin avec ses amies mannequins tout aussi grandes et aux longues jambes.

La sœur de Melissa Jeffries avait épousé le frère de Michelle, ce qui faisait d'elles aussi des belles-sœurs, supposait-elle. Depuis que son frère avait installé une toute nouvelle piscine à l'arrière de la maison, Frank (son frère) et Stella (sa femme et sœur de Melissa) avaient organisé une fête barbecue au bord de la piscine pour Melissa, qui avait vingt-deux ans aujourd'hui.

« Quelle partie de l'invitation n'as-tu pas reçu ? Piscine. Faire la fête." » continua Melissa, utilisant ses mains pour mettre l'accent.

« Tout cela, Mélissa. Tout. Au fait, joyeux anniversaire. Assise sur une chaise longue sous un parapluie, Michelle a injecté un flot d'enthousiasme dans sa voix et a offert une fraise au chocolat à la fille d'anniversaire comme s'il s'agissait d'une boisson.

Peut-être qu'elle devrait se mettre à boire et noyer ses chagrins. N'était-ce pas la chose à faire quand tout ce qui pouvait mal tourner se produisait ? Eh bien, comme elle détestait le goût de l'alcool, peut-être qu'elle pourrait manger tout ce qu'elle voyait jusqu'à ce qu'elle explose sur le côté. Son frère Frank, qui tenait le barbecue avec une grande concentration à l'autre bout de la cour, avait déjà préparé un tas de hamburgers. Elle pourrait ensuite se moquer de ceux-là.

Ouais, c'était ce qu'elle allait manger après les fraises. Elle fourra trois autres fraises dans sa bouche et réussit quand même à faire la moue d'apitoiement sur elle-même avant d'écraser le fruit juteux sous ses dents.

"Hey vous." Dit une version légèrement plus ancienne de Melissa alors qu'elle se glissait sur une chaise longue à côté de

Michelle. « Arrête d'avoir l'air si inquiet. Quelque chose d'autre va arriver.

"J'en ai marre de Stella", dit Michelle la bouche pleine, sans se soucier de l'étiquette. « J'espère que tu es d'accord pour que j'emménage avec toi et mon frère. Je vais devoir partager une chambre avec Daisy. J'espère qu'elle sera d'accord avec ça.

"Tu es le bienvenu ici à tout moment, et je t'aime trop pour te faire partager une chambre avec Daisy. Je ne souhaiterais pas cela à mon pire ennemi », rit Stella. Daisy était leur fille de quatre ans et la patronne de la vie de Stella et Frank.

"Mon Dieu, je suis tellement foutue", a déclaré Michelle en cherchant d'autres fraises. Elle avait déjà mangé près de la moitié du plateau. "Et je suis désolé. Je finis toutes les fraises et aucun des autres invités ne pourra les manger. Elle plaça le plateau sur ses genoux et en mit un autre dans sa bouche.

Stella rit. « Ne t'inquiète pas pour ça. Et ce n'est pas si grave, chérie. Donc votre food truck a explosé en flammes, mais il y en aura d'autres. Vous vous remettrez sur pied. Encore une fois, désolé pour le discours de Frank à propos de l'assurance. Vous savez comment il est. Pourquoi ne restez-vous pas ici, détendez-vous, reposez-vous, regroupez-vous aussi longtemps que vous le souhaitez, puis voyez ce qui se passe ensuite.

Cela semblait si charmant à Michelle. Elle soupira de nostalgie, mais non, en plus de ne pas avoir d'assurance sur le food truck qu'elle venait d'acheter deux semaines auparavant, elle devait payer une dette, et elle préférait le faire avec des dollars et non des chiffres. Oh mon Dieu, est-ce qu'ils lui prendraient aussi les pouces ?

Elle commençait à s'occuper de la partie assurance, vraiment, elle figurait en troisième position sur sa liste de choses à faire.

Mais elle était toujours en pleine forme après avoir gagné une somme d'argent considérable sur un billet à gratter d'une chaîne de supermarchés et tout lui avait semblé être un rêve.

Elle a gagné assez d'argent pour acheter un food truck d'occasion, qu'elle a baptisé Fleur au premier regard. C'était parfait. Sa vie était faite.

Heureusement pour Michelle, ses parents avaient choisi de nourrir sa personnalité aventureuse, peut-être parce qu'ils étaient exactement les mêmes : insouciants et plus intéressés par ce qui les rendait heureux à ce moment-là que par la préparation aux nécessités de la vie. Ses entreprises commerciales ratées étaient un trait hérité de ses parents.

Dès l'instant où elle a manifesté un intérêt pour la nourriture, ils ont entretenu sa passion et ont dépensé tout leur argent pour l'envoyer dans les meilleures écoles culinaires du monde. Elle était aussi une très bonne cuisinière, et tout ce dont elle pouvait rêver était d'être une nomade dans son food truck gastronomique, de porter de longues jupes fleuries avec des fleurs dans les cheveux et d'aller dans différents endroits pour vendre ses plats non conventionnels mais totalement délicieux. Pas de patron. Son temps lui appartiendrait. Un millionaire. C'était comme ça qu'elle était censée être heureuse.

Mais Frank a toujours été celui qui avait le sens pratique dans leur foyer. Il était le gars du lait et du pain, et elle et ses parents dépensaient tout ce qu'ils avaient sur eux pour une petite boîte de caviar juste pour savoir quel goût cela avait, sans se soucier de ce qu'ils mangeraient le lendemain. Ce n'était pas étonnant que Frank soit devenu comptable. Et elle, un échec.

Puis, comme ses parents, morts pauvres et endettés, Fleur avait explosé sous la pleine lune d'un lundi soir calme – une fuite de gaz, disaient-ils – et ses rêves se sont transformés en cendres.

De plus, elle devait de l'argent à la mafia, et leur acolyte, un homme nommé Snake, qui parlait couramment Shakespeare - elle a un peu connu son persécuteur - aurait l'honneur de mettre ses doigts sous la guillotine.

Un étrange gémissement s'échappa de ses lèvres alors qu'elle serrait ses doigts contre ses paumes. Elle aimait vraiment ses doigts là où ils étaient.

Chapitre 2

Pour la première fois de sa vie, Michelle aurait souhaité être quelqu'un d'autre.

Il n'y aurait plus d'autres food trucks à son horizon. Comment pourrait-il y en avoir dans son avenir si elle n'avait pas de doigts ? Elle gémit encore.

Elle ne savait même pas s'ils finiraient par lui décaper tout le corps s'ils ne pouvaient pas obtenir leur argent d'elle.

Elle n'a jamais eu l'occasion de s'épanouir. Après avoir payé le camion, elle avait besoin d'argent pour acheter des fournitures car, bon, qu'allait-elle vendre ? Mais les banques étaient avares comme ça parce qu'elle n'avait rien à prouver, pas assez d'actifs et des garanties insuffisantes, et elles considéraient son plan d'affaires d'un air drôle, alors elle a eu recours à d'autres moyens.

Mais cela n'avait pas d'importance dans le grand schéma des choses à l'époque, car elle envisageait de raconter un jour son histoire sur ses humbles débuts et comment elle est devenue une chef bohème glamour, et son message serait de poursuivre ses rêves à tout prix.

Maintenant, son message serait le suivant : ne faites pas affaire à tout prix avec de mauvaises personnes.

Oh mon Dieu. Qu'avait-elle fait ?

Sa famille savait seulement qu'elle avait perdu Fleur. Ils ne savaient pas qu'elle avait eu recours à l'argent d'un usurier lié à la mafia. Un usurier. Frank aurait eu une crise cardiaque s'il l'avait su. Et elle mourrait de honte si jamais quelqu'un savait à quel point elle avait fait une bêtise.

Elle était donc retournée à la banque, dans un état encore pire qu'avant, et le type de la banque lui avait dit que si elle avait au moins un emploi permanent et régulier, cela augmenterait considérablement ses chances d'obtenir un prêt.

Elle est donc partie à la recherche d'un emploi et n'a rien obtenu parce qu'elle n'avait aucune expérience, et certains d'entre eux ont dit qu'ils la recontacteraient dans un mois ou deux. Elle serait morte d'ici là.

Si seulement l'expérience de l'emprunt stupide aux usuriers de la mafia avait été une condition préalable, elle aurait réussi cet entretien.

Elle devait se sortir de ce pétrin, et elle devait le faire toute seule, mais elle manquait de temps. Elle avait besoin d'un emploi le plus tôt possible, puis elle a dû contracter un emprunt auprès de la banque pour payer son usurier, et elle n'aurait plus jamais rêvé. Plus jamais.

"Oh, les gars sont là", dit Stella en se levant de la chaise longue, la tirant de ses pensées. « Vous connaissez votre frère ; il ne supporte pas d'être en infériorité numérique par rapport aux filles, alors il les a invitées.

Michelle n'avait pas besoin de regarder derrière elle pour savoir de qui Stella parlait. Elle aurait également deviné correctement qui étaient les nouveaux invités en se basant uniquement sur la façon dont les filles dans la piscine avaient commencé à se comporter. Soudain, trop rebondissant. Soudain trop coquette. Et soudain, un rire excessif.

Honnêtement, aussi longtemps qu'elle vivrait, elle ne serait jamais en mesure de comprendre pourquoi toutes les autres femmes qui rencontraient les trois meilleurs amis de son frère,

Marc Johnson, Jake Knight et Evan Saunders, devenaient un peu folles et voulaient avoir leur bébés.

Au début, ils n'étaient même pas beaux. Trop grand, trop fort, trop robuste, trop... déchiqueté. Ils vivaient dans des jeans usés qui moulaient la puissance de leurs cuisses, étaient à peine rasés régulièrement, de sorte qu'il y avait toujours des éclaboussures de poils brillants sur ce que d'autres pensaient être des mâchoires ciselées, et leurs mains étaient si rugueuses qu'elles étaient jonchées de callosités. Leurs cheveux noirs étaient toujours un peu en désordre, et pourtant ils sentaient toujours l'eau de Cologne fraîche, ce qui était étrange étant donné qu'ils travaillaient dans le bâtiment.

Ils n'étaient pas non plus amusants à côtoyer au fil des années. Ils se contentaient de grogner ou de grogner contre elle maintenant, alors peu importe, elle avait ses propres affaires. Et honnêtement, elle était sûre que si les amis de Melissa rebondissaient plus fort, leurs seins allaient tomber de leur maillot de bain sur les genoux des trois amis de son frère.

Mais encore une fois, ce n'était pas son problème puisqu'elle avait suffisamment de problèmes pour analyser l'attirance de la population féminine pour les trois amis de son frère. Dieu merci, elle n'a pas subi les mêmes pitreries de fangirls. Peut-être qu'elle n'en était pas affectée parce qu'elle n'était pas normale. Comment pourrait-elle être normale si elle combattait un food truck qui explosait et la mafia irlandaise ? Mais pourquoi ne pouvait-elle pas être comme les filles dans la piscine ? Si être normale signifiait qu'elle devait tomber à genoux, amoureuse des amis de son frère, alors c'est ce qu'elle ferait. Sauf qu'il était trop tard. Son camion avait explosé et la mafia était à ses trousses.

"Pensez-y, ma chérie", dit Stella avant d'aller saluer leurs nouveaux invités. "Il n'est pas nécessaire de vous précipiter tête baissée dans autre chose pour le moment. Ce que vous avez vécu a été traumatisant. Restez ici. Considérez-le comme un congé sabbatique si vous vouloir."

Si seulement sa famille savait qu'elle se dirigeait vers un congé sabbatique permanent si elle ne trouvait pas un emploi immédiatement.

Michelle avait déjà dévoré un hamburger et rempli son assiette du célèbre macaroni au fromage de Stella au moment où ils s'installèrent autour de la table couverte de parasols. Elle l'a fait avec de grosses taches de peinture rouge sur ses joues grâce à sa petite nièce, Daisy, qui voulait la rendre jolie. Ensuite, j'ai commencé à lui dessiner une autre série de sourcils au-dessus de ceux qu'elle avait déjà, car plus c'était mieux.

La robe de Michelle était également un peu humide après que Melissa soit venue directement de la piscine et l'ait serrée dans ses bras juste pour mouiller sa robe parce que c'était son anniversaire, et Michelle n'est pas entrée dans la piscine avec elle.

Daisy était assise à côté d'elle à table et Michelle ne prêtait pratiquement aucune attention à ce qui se passait autour d'elle.

Je ne savais pas de quoi elles parlaient qui justifiait un tel éclat de rire de la part des autres filles ni la façon dont les amis de Melissa semblaient trouver chaque occasion de toucher Marc, Jake et Evan. Bien sûr, Melissa et ses amis étaient de véritables mannequins, alors voilà.

Tout ce qui intéressait Michelle, c'était de mettre sa prochaine bouchée de macaroni au fromage dans sa bouche. Elle était dans un tel état de désordre, et même sa nièce qui lui racontait l'histoire d'une princesse qui était une tortue zébrée appelée Tilly ne pouvait lui remonter le moral, et cela sonnait comme une bonne histoire si les trous de l'intrigue ne la dérangeaient pas.

Si Michelle ne trouvait pas de travail et n'obtenait pas de prêt à la banque, elle ne pourrait même pas faire un doigt d'honneur à la vie car elle n'aurait pas de doigts.

La panique tourbillonna autour d'elle, et elle émit à nouveau ces étranges gémissements, qui firent que tout le monde la regardait cette fois, y compris Marc avec ses yeux vert d'eau orageux, Jake avec ses orbes dorés et Evan avec son blues cool.

Elle fit comme si de rien n'était et qu'aucun son étrange ne sortait de sa bouche.

Super.

Qu'allait-elle faire ? Elle se replongea dans ses pensées tandis que la conversation reprenait. Et puis ses oreilles se sont accrochées à quelque chose.

« Je n'arrive pas à croire que Grace ait quitté JKS comme ça pour se marier, entre autres choses. Que vas-tu faire sans elle ? Elle est irremplaçable, mec, dit Frank en secouant la tête.

"Grace va se marier?" » demanda Stella sous le choc. « Au fait, quel âge a-t-elle ? Soixante-dix?"

"Soixante-quinze", proposa Jake.

"Eh bien, tant mieux pour elle", dit Stella en levant son verre. "Et bien sûr, tu trouveras quelqu'un d'autre. Personne n'est irremplaçable, Frank, comme on dit."

Michelle avala le peu de macaroni au fromage qui restait dans sa bouche, son esprit faisant la roue, avant de se redresser. Soudain, elle faisait des équations comme un spécialiste des fusées dans sa tête

. Les doigts intacts. Une seconde chance.

Elle se mordit la lèvre, son regard oscillant de Marc à Jake en passant par Evan.

C'était ça. Son univers lui avait donné la solution. Et elle devait venir à la soirée barbecue de Melissa dans une robe de grand-mère. une sorte de peinture de guerre tribale sur son visage, gracieuseté de sa nièce, pour le recevoir des meilleurs amis de son frère.

Chapitre 3

Michelle baissa sa jupe aussi bas que possible et redressa sa veste. fin de son placard pour la tenue, mais c'était la seule qui ferait l'affaire. Sa tenue habituelle était plus décontractée ; son style était plus de longues jupes fleuries et des débardeurs et de jolies robes avec des cols en dentelle.

Maintenant, elle portait une jupe rose pâle. qui arrivait juste au-dessus de ses genoux – peut-être un peu trop serré, mais ça avait quand même l'air très professionnel – un chemisier en mousseline de soie blanc sans manches un peu ample qu'elle rentra dans la ceinture de la jupe, et un blazer noir sans fioritures.

Elle aurait pu se passer des talons fins qui lui tuaient actuellement les orteils, mais c'était la seule paire de chaussures formelles qu'elle possédait, et elles mesuraient quatre pouces de haut.

Elle a décidé que la douleur déjà paralysante dans ses pieds lui rappellerait pourquoi elle devait porter ces chaussures meurtrières, ce qui l'obligerait à faire tout ce qu'elle devait faire pour obtenir ce qu'elle voulait.

Elle a ajouté du mascara à son régime de maquillage habituel, qui consistait simplement en un peu de fard à joues et de rouge à lèvres. Elle avait bouclé ses cheveux la veille au soir, ils pendaient donc dans son dos en jolies vagues de plage. Elle a ensuite utilisé une pince à cheveux rose pour épingler un côté de ses cheveux. Là, elle avait l'air accessible et agréable, mais pragmatique et compétente.

J'emmerde ma vie.

Elle attrapa son fourre-tout, où elle avait déjà rangé son sandwich au beurre de cacahuète et à la gelée ainsi qu'une bouteille d'eau. Elle monta dans sa voiture, qu'elle n'avait pas utilisée depuis une éternité. C'était la voiture de sa mère et tout ce qu'elle avait hérité de ses parents.

Elle a prié pour que cela commence, et quand cela s'est produit, elle a décidé que ses étoiles étaient définitivement alignées, que son univers se comportait et que tout irait parfaitement bien.

Trouver les nouveaux bureaux de chantier pour JKS, également connu sous le nom de Johnson, Knight et Saunders, a été assez simple. Ils étaient en train de construire un nouvel hôtel de luxe pour un magnat milliardaire, qui, une fois terminé, s'étendrait probablement à l'horizon.

Le seul endroit où elle pouvait garer sa voiture était à un pâté de maisons, mais ce n'était pas grave. Elle pouvait respirer l'air frais et se rafraîchir l'esprit. Lorsqu'elle est arrivée sur le site et n'a pas réussi à trouver une entrée, elle a plongé sous une lourde chaîne en métal rouge et a ostensiblement ignoré le panneau « Entrée interdite ». Sinon, comment était-elle censée entrer ?

Le site animé était bruyant et poussiéreux, et la cacophonie de l'activité des hommes portant des casques de protection et le bruit des forages l'assourdissaient et perturbaient son équilibre alors qu'elle marchait péniblement à travers les chemins inégaux et graveleux vers un bureau aux panneaux métalliques.

Elle était à peine consciente de l'intérêt qu'elle suscitait alors qu'elle trébuchait prudemment autour d'un labyrinthe de grues très hautes, de poutres d'acier saillantes et d'autres pièces d'équipement massives qu'elle ne pouvait pas nommer.

Elle les ignora pendant qu'elle récitait son discours d'ouverture, mais son univers était de retour de son côté, alors elle imagina Marc, Jake et Evan l'accueillant à bras ouverts, ravie qu'elle ait décidé de travailler pour eux et que personne d'autre dans le monde ne l'accueille. le monde ferait l'affaire sauf elle.

C'était comme ça que ça allait se passer. Parfait. Parfait. Perf—

Quelques instants avant qu'un morceau d'échafaudage ne s'écrase sur le sol derrière elle, elle sentit tout son corps écrasé contre une poitrine dure comme la pierre, interrompant brusquement son mantra de manifestation.

Oh. Elle aurait été écrasée.

Qu'est-ce qui n'allait pas avec son univers ? Une minute, cela lui ouvrait la voie vers la paix et le bonheur ; le suivant, il essayait de la tuer. Homme !

« Merde, ma fille. Veux-tu te faire tuer ? La voix dure et grondante appartenait à Marc Johnson, dont le visage était si furieux qu'il ressemblait à un dieu mythique dément mais frappant.

Il l'a attirée vers lui, a arraché son casque de sécurité, l'a mis sur sa tête sans trop de douceur, lui a pris la main et l'a traînée vers leurs bureaux de chantier.

Après avoir trébuché plus d'une fois avec ses chaussures hautes inhabituelles sur un terrain accidenté mais sans entrer en contact avec le sol dur depuis que Marc venait de la relever comme une poupée de chiffon, elle a cessé de craindre de se fendre le visage sur le sol rocheux.

Lorsqu'elle trébucha, Mark la releva et continua son grand pas en colère comme si de rien n'était.

Lorsqu'ils sont entrés dans les bureaux du site, il l'a jetée à l'intérieur et a fermé la porte avec un grand bruit qui lui a fait trembler les oreilles. Elle a immédiatement pris conscience de Jake et Evan à leur bureau, qui se sont levés et l'ont regardée comme si elle était une extraterrestre en jupe rose.

En trio, leur présence lui procurait les sensations les plus étranges. C'était les nerfs. Elle était nerveuse.

Le casque trop grand pendait sur ses yeux, et elle ne vit rien jusqu'à ce qu'elle le soulève, seulement pour trouver les trois hommes en jeans et T-shirts usés, les bras croisés sur leurs larges poitrines, alors qu'ils se tenaient maintenant l'un à côté de l'autre, renfrogné d'abord sa tenue vestimentaire puis son visage.

« Qu'est-ce que tu fous ici, Michelle ? Et tu veux mourir ? Voilà.

"D'accord, écoutez-moi", a-t-elle commencé. "J'ai entendu dire que vous cherchiez un nouvel assistant personnel, et je suis elle. Je suis parfaite pour le poste d'assistante personnelle et je peux le prouver."

D'accord, donc elle n'avait aucune idée de ce qu'impliquait leur rôle d'assistante personnelle, mais elle supposait que leur apporter du café et s'occuper de leur nettoyage à sec serait le cas.

"Alors, c'est ici que je suis assise ?" » demanda-t-elle en désignant un bureau vacant. Elle posa son fourre-tout sur la table et était sur le point de s'asseoir.

« Bon sang, tu l'es », dit Evan en s'approchant d'elle, en enroulant une main autour de son bras et en la plaçant en arrière. sur ses pieds avant qu'elle ne puisse s'asseoir. Il a ensuite immédiatement lâché sa main comme si elle l'avait brûlé.

« S'il vous plaît, un jour, j'apprends dur. et penseur rapide. Elle exagérait un peu la vérité, mais c'était pour une bonne cause

– ses doigts et peut-être sa vie. Elle réitéra cependant une chose dans son esprit : de toutes les personnes qui pouvaient savoir à quel point elle avait fait une bêtise. prendre de l'argent auprès d'un usurier, les dernières personnes sur terre qu'elle voulait connaître étaient les trois hommes qui se tenaient devant elle, à quelques secondes de lui jeter le cul.

Elle ne pouvait pas les supporter en pensant qu'elle était stupide et que cela devrait vraiment le faire. Cela ne la dérange pas autant que ça.

Elle les regarda avec des yeux suppliants. Et qu'est-il arrivé à tout l'air de la pièce ? Pourquoi était-elle soudainement si chaude ? Elle poussa un soupir et réessaya.

« Une chance de faire mes preuves. Si je ne fais pas tout ce que vous me dites de faire à temps et avec une précision à 100 %, vous pouvez me virer et je partirai sans problème. Je jure." Elle posa la main sur sa poitrine.

Ils ne prirent même pas le temps de réfléchir à ses paroles avant de livrer leur réponse à l'unisson.

"Non."

Chapitre 4

Non. Non. Non. Non.

Leur réponse était censée être un oui catégorique. Elle l'avait imaginé, bon sang.

"S'il te plaît," dit-elle doucement. «J'ai besoin de ce travail. Ma vie est un bordel. Personne ne m'embauchera parce que je n'ai aucune expérience professionnelle. Elle pouvait difficilement exiger une chance de faire ses preuves quand ils disaient non.

"Et Jisno, mon ennemi juré, qui possède son propre food truck et qui pensait que j'allais reprendre son entreprise, m'a dénigré dans tous les restaurants dans un rayon de 100 miles, en disant que je ne savais pas vraiment cuisiner." Arg. Jisno. Il lui avait donné du fil à retordre lorsqu'elle avait ouvert son food truck, était venu goûter ses burgers gourmands et lui avait dit qu'ils avaient un goût de carton. Il était probablement la personne la plus heureuse de la planète lorsque son food truck a explosé. « Donnez-moi une chance, s'il vous plaît ; c'est tout ce que je demande.

"Combien as tu besoin?" » demanda Jake, sa voix étant un mélange de velours et de gravier.

"Quoi?"

« De combien d'argent avez-vous besoin pour vous remettre sur pied ? »

« Je n'ai pas besoin de votre argent. Je veux dire, oui, mais j'ai de la fierté, et je préférerais travailler pour cela, alors laisse-moi travailler pour toi. Je ferai tout ce que vous me demanderez de faire.

"Toujours pas. Donnez-nous un montant, Michelle. La voix rauque de Marc lui piquait la peau comme de minuscules petites aiguilles. Bon sang, elle a oublié de prendre un antihistaminique hier soir, ce qui expliquait tout ce qui arrivait à son corps.

Non. Je ne suis pas un pauvre cas de charité. Et je ne partirai pas tant que tu ne m'auras pas embauché. On dirait que tu n'as plus de café. Je peux résoudre ce problème », a-t-elle déclaré en désignant une station de café, qui n'était pas seulement une cafetière et des tasses. Pas de crème ni de sucre, et pas de sirops aromatisés, de cannelle ou de pailles fantaisie. Comment était-elle censée préparer le café glacé le plus délicieux qu'ils aient jamais goûté ? Au moins, ils ont besoin d'elle pour ça.

"Et je peux t'apporter des beignets tous les jours, que je préparerai moi-même, bien sûr, et ils sont à tomber par terre." Et je répondrai au téléphone. Et faire des courses. Tu veux que je vienne chercher ton pressing ? Je suis ta copine. Achetez un cadeau à votre mère. Moi. Je peux le faire. J'ai un goût impeccable. Un jour, s'il te plaît. Donnez-moi un jour pour faire mes preuves. Plutôt s'il vous plaît," dit-elle, détestant que sa voix soit un peu bloquée et que sa vision se trouble légèrement avec une larme retenue.

Elle avait réussi à passer toute la journée sans larmes de pitié car le départ de Grace comme assistante maternelle lui avait redonné espoir.

C'était comme s'ils avaient une conversation privée et silencieuse entre eux. Leur connexion était si palpable qu'elle le sentit dans ses os, et pour une raison quelconque, une lueur chaleureuse s'installa sur sa peau. Pourquoi elle ressentait cela, elle n'en avait aucune idée. Adrénaline. Non, c'était trop d'histamine.

"Quelle est la première chose que je dois faire?" » Demanda-t-elle, se mordant la lèvre en signe de concentration, manifestant dans son esprit des sentiments de maniaque.

Pendant de longs instants, ils restèrent silencieux, la regardant. Oh merde. Ils allaient la retourner et l'emmener directement hors de leur site. Merde. Merde. Merde.

Eh bien, elle n'allait pas y aller. Soit elle s'enfonçait dans ses talons et refusait de bouger, soit elle se mettait à pleurer de manière incontrôlable.

«S'il vous plaît, donnez-moi ce travail. Je sais que je peux le faire. S'il vous plaît... » Elle baissa les yeux sur le sol métallique du bureau de fortune, puis souleva un peu sa jupe pour pouvoir se mettre à genoux avant de se laisser tomber complètement, équilibrant le casque sur sa tête. "S'il vous plaît," dit-elle sincèrement, les regardant depuis sa position agenouillée.

Elle ne comprenait pas très bien leur réaction. Ils grondaient contre elle avec pure irritation, passaient leurs mains dans leurs cheveux, se détournaient d'elle et juraient dans leur souffle.

"Lève-toi à genoux maintenant," dit Jake en serrant les dents.

Aussi maladroitement qu'elle le pouvait, parce que c'était ainsi qu'elle roulait, elle se redressa et lissa sa jupe.

"D'accord," commença Marc.

"D'accord? D'accord, tu vas me donner une chance ? Oh mon Dieu. Merci. Vous n'allez pas le regretter. Je le prométs de tout mon cœur. Merci », dit-elle encore, pleine de gratitude. « Vous ne regretterez pas votre décision. Je vais être le meilleur PA que vous ayez jamais eu.

Elle se jeta sur eux, enroulant ses bras autour de chacun, pressant son corps contre le leur et les serrant dans ses bras. C'était comme serrer trois statues dans leurs bras, et chacune d'elles dégrafa ses bras autour d'elles et la mit de côté.

"Pas de câlins," dit Evan d'un ton bourru.

"Noté. Pas de câlins. »

"C'est comme ça que ça va se passer", a déclaré Marc avec une voix si réticente qu'il a clairement indiqué qu'il n'appréciait pas qu'elle se bombarde dans leur vie et provoque le chaos. Eh bien, ce n'était pas une partie de plaisir pour elle non plus, mais elle n'allait pas leur dire ça.

"Je suis tout ouïe."

"Nous allons vous confier une tâche", a déclaré Jake. Il était penché sur un bureau et rédigeait un chèque. « Si vous le terminez à temps, vous pourrez travailler ici. Si vous ne le faites pas, encaissez ce chèque et ne revenez plus jamais ici.

Il lui remit un chèque de cinq cent mille dollars. Un demi-million de dollars. Étaient-ils fous ? Ses orbites lui engloutirent presque les yeux alors qu'elle regardait les zéros, et il était clair qu'il avait ajouté beaucoup trop de zéros au montant.

De toute évidence, ils savaient ce qui était arrivé à son camion et qu'elle n'avait aucune assurance – c'était sur sa liste de choses à faire, bon sang. Frank leur aurait tout dit. Ses joues brûlaient d'embarras, et il n'y avait rien dans la peinture que Daisy avait appliquée sur son visage pour la rendre plus jolie.

Elle pouvait les imaginer dire la même chose que Frank. Fille stupide.

"À moins que vous n'ayez besoin de plus", a déclaré Evan.

"Je ne veux pas de votre argent." Elle leva délibérément le menton si haut qu'elle pouvait voir son nez. « Encore une fois, je ne suis pas un cas de charité. J'ai besoin d'un travail, c'est tout. Elle tendit le chèque.

Elle préfère sauter d'une falaise plutôt que d'accepter des cadeaux, surtout de leur part. Ils pensaient déjà qu'elle n'était qu'une pathétique petite rêveuse sans prise ferme sur la réalité.

Désemparés.

Elle avait sa fierté, et elle en utiliserait chaque once, surtout devant eux. Elle n'allait pas prendre leur argent. Elle préférerait perdre ses doigts.

Mais au moins, ils lui donnaient une chance. Si sa première mission était de leur apporter la lune, c'est exactement ce qu'elle ferait.

"Vous pouvez nous le rendre si vous accomplissez la tâche que nous vous avons assignée."

"Oh, je vais te le rendre, d'accord." Elle fourra le chèque dans un compartiment latéral de son fourre-tout. « Alors, que dois-je faire en premier ? Posez-le-moi", a-t-elle ajouté, en fouillant dans le compartiment principal pour son téléphone, ce qui était difficile à faire puisque le casque sur sa tête ne cessait de lui bloquer la vue, et pour une raison étrange, il ne lui est jamais venu à l'esprit de l'enlever.

"Et si je pouvais obtenir une avance sur mon salaire, s'il vous plaît, ce serait aussi génial." Elle leur sourit très gentiment.

Chapitre 5

Putain de merde, rugit Marc Johnston intérieurement. Et à l'expression de leurs visages, il connaissait ses amis, ses partenaires commerciaux et les hommes avec lesquels il avait grandi faisaient écho à son rugissement.

Qu'ont-ils fait pour mériter cet enfer frais dans une jupe rose moulante et des talons si fins qu'on aurait dit qu'elle marchait sur la pointe des pieds et rien d'autre ? Ses lèvres si luxuriantes et pleines qu'elles ressemblaient à des coussins, et ses yeux si incroyablement expressifs, elle les attira et ne les lâcha pas jusqu'à ce qu'ils se noient en elle.

Putain.

Michelle Carter n'avait aucune raison d'être dans le même voisinage qu'eux. Seul.

La voir quand Frank était là lui rappelait qui elle était. Ne touchez pas. Pas d'excuses. Aucune négociation. C'était la petite sœur de Frank. S'ils avaient des sœurs, la règle resterait silencieuse parmi leurs amis sans avoir à la verbaliser.

Mais c'est devenu une règle extrêmement impénétrable parce que le jour où Michelle a eu dix-neuf ans et qu'elle les a regardés avec ces beaux yeux, tout a changé en eux.

Tout a changé pour eux.

Elle a bouleversé leur monde en un clin d'œil, les laissant surpris et perplexes. Ils rentrèrent chez eux ce soir-là et se saoulèrent jusqu'à l'oubli, mais cela ne suffisait pas à effacer ce qu'ils avaient vu de leur simple regard.

Ils rêvaient de Michelle, chaude et magnifique entre eux, si mouillée qu'elle étancheait leur terrible soif. Si doux qu'ils ne pouvaient pas respirer sans savoir ce que ressentiraient leurs bites en elle.

Ils étaient rendus fous par le besoin de l'ouvrir et de se régaler d'elle avant de l'ouvrir à leurs bites. Sa chatte et son cul s'ouvrirent à leurs trois bites en elle, la baisant si fort et si profondément que ses doux cris les renversaient jusqu'à ce qu'ils répandent leur sperme dans son magnifique corps palpitant.

Elle est devenue la seule femme qu'ils voulaient et elle les hantait constamment parce qu'ils ne pouvaient pas l'avoir.

Mais cela n'arriverait pas. Cela n'arrivera jamais. Ils n'allaient pas la toucher, même pas avec une perche de dix pieds.

Alors, à quoi pensait-elle, en venant ici et en suppliant pour un travail, puis en refusant d'accepter un non comme réponse ?

Marc a à peine résisté à l'envie de la jeter dehors, de verrouiller la porte de leur bureau de chantier et d'oser sortir avant qu'elle ne soit partie depuis longtemps.

Mais non, la jeune fille avait décidé de se mettre à genoux devant eux. Cette jupe était si serrée qu'il se demandait quand elle allait se diviser en deux. Mais ce n'était pas la seule pensée qui leur traversait l'esprit. La voir agenouillée ainsi faisait passer leurs bites de dures à dures comme du béton, et palpitaient si brutalement que seule sa bouche pouvait les soulager.

Putain.

Un travail. Elle voulait qu'ils lui confient leur travail d'AP. Était-elle folle, putain ?

Ils préféraient lui donner tout leur foutu argent plutôt que de la laisser asseoir sur la chaise derrière ce qui était autrefois le bureau de Grace, à seulement quelques mètres à leur portée. Chaque putain de jour. Respirer son odeur, se torturer avec sa présence. Elle les transformerait à elle seule en bêtes, et ils s'en prendraient à tout le monde et à tout ce qui se trouverait sur leur passage.

Sûrement pas. Ils ne pouvaient pas appeler Frank pour qu'il vienne chercher sa sœur parce qu'il ne comprendrait pas leur besoin de la renvoyer sans qu'ils révèlent la véritable raison pour laquelle elle ne devrait pas être devant eux. Seul. Il pourrait même suggérer qu'ils lui confient le poste à titre d'essai. Pas moyen d'aller en enfer.

Ils savaient ce qui était arrivé à son food truck. Leur premier réflexe avait été de la réconforter, de la prendre dans leurs bras, d'embrasser tout son corps lentement et doucement, puis de lui acheter dix, vingt ou trente autres food trucks.

Alors ils n'ont rien fait du tout, sauf grogner qu'ils étaient désolés quand ils l'avaient vue chez Frank hier alors que ses joues étaient peintes d'une substance rouge gluante qui semblait couler sur son visage et qu'une paire de sourcils supplémentaires était griffonnée sur son front, aussi beaux que possible. Ils devaient gérer la situation eux -

mêmes, et le plan qu'ils avaient élaboré, tous les trois silencieusement sur la même longueur d'onde, comme s'ils partageaient le même esprit, était parfait. Ils allaient se débarrasser d'elle et l'aider en même temps.

JKS Construction était leur vie. Ils l'avaient reparti de zéro, sans aucune valeur monétaire à leur actif, sauf ce qu'ils pouvaient faire à mains nues.

Frank avait préféré la stabilité d'un emploi dans un bureau et était devenu comptable. Ils voulaient être leurs propres patrons et ont lancé JKS avec pratiquement rien. Désormais, ils construisaient un hôtel de luxe avec une vue panoramique sur la ville. Cela allait être un putain de chef-d'œuvre avec ses accents de marbre et ses finitions sculptées à la main une fois terminé. Sauf pour une chose. La seule tâche sur laquelle ils envoyaient Michelle avait un taux d'échec garanti.

Elle allait échouer. Elle devrait prendre leur argent, acheter un nouveau camion et recommencer. Mais il n'était pas possible que Michelle Carter travaille pour eux au cours de cette vie.

Garder leurs mains loin d'elle les avait déjà mis à rude épreuve, et ils n'avaient pas le temps de s'asseoir autour d'elle et de divertir ses pitreries sans lui arracher ses vêtements et la baiser ici même dans leur bureau de chantier.

Chapitre 6

à droite.

Michelle a dit une petite prière pour que sa voiture redémarre alors qu'elle mettait le contact. Et encore une fois, ce fut le cas. Parfait.

Alors qu'elle se rendait en voiture au centre-ville jusqu'à une entreprise manufacturière appelée Ali's Chandeliers, elle ne pouvait empêcher un large sourire de s'afficher sur son visage.

Sa première tâche fut d'acheter un lustre appelé La Duchesse (un joli nom) chez Ali's Chandelier. Très facile. Ils lui avaient donné la carte de crédit de l'entreprise, et lorsqu'elle lui avait demandé combien cela coûterait, ils lui avaient dit de payer quel que soit le prix indiqué. Il n'y avait aucune limite sur la carte. Sauf qu'ils l'avaient dit avec une telle nonchalance, comme s'ils l'avaient déjà écartée, elle fronça les sourcils.

De toute façon, quel était le problème dans l'achat d'un lustre ? S'ils voulaient qu'elle échoue, ils n'avaient certainement pas déployé beaucoup d'efforts pour la faire trébucher. Ils étaient tellement bizarres et ils agissaient encore plus bizarrement.

Encore une fois, ce n'est pas son problème. Elle avait un travail. C'était tout ce qui comptait. Une fois qu'elle l'avait écrit, après avoir acheté La Duchesse pour le hall de l'hôtel qu'ils étaient en train de construire, elle se rendait à la banque, obtenait un prêt, remboursait son usurier, puis continuait à travailler pour rembourser son prêt bancaire. . Et soudain, elle se sentit comme la personne la plus normale de la planète faisant des choses d'adulte. C'était bien.

Elle se dirigea vers le parking de l'énorme bâtiment qu'était Ali's Chandeliers. Entrer à l'intérieur, c'était comme entrer dans un palais. La salle d'exposition entière brillait, scintillait et sentait la lavande.

Un vendeur s'est immédiatement approché d'elle et l'a saluée chaleureusement. Quelle belle réception.

"Je m'appelle Jerry, et comment puis-je rendre votre journée un peu plus lumineuse ?" » Demanda-t-il en lui souriant avec ses cheveux soigneusement peignés, sa chemise blanche immaculée et son pantalon kaki avec le logo Ali's Chandelier dessus. Aussi, haha, joli jeu de mots pour saluer leurs clients.

"Vous pouvez certainement faire briller ma journée aussi brillante que les étoiles", répondit Michelle en lui adressant un véritable sourire. Et il pourrait vraiment rendre sa journée aussi lumineuse. Si elle exécutait cette tâche étrangement simple, elle aurait un travail. « J'aimerais acheter un lustre appelé La Duchesse, s'il vous plaît. Et pouvez-vous le faire livrer à cette adresse, s'il vous plaît ? » ajouta-t-elle en lui tendant une carte de visite qu'elle avait récupérée au bureau du chantier de JKS.

« J'ai bien peur que la duchesse ne soit pas à vendre. Cela a déjà été promis à quelqu'un d'autre.

Attends une minute.

« Suis-je censé enchérir pour ce lustre ? » Ah, donc ce n'était pas aussi simple qu'elle le pensait.

"Non, mademoiselle. La duchesse n'est pas à vendre et certainement pas à quiconque travaille pour JKS."

"Attends quoi? Pourquoi?"

"Je ne sais pas, Mademoiselle. Y a-t-il autre chose que je puisse vous aider ?"

"Non. Je veux acheter La Duchesse. Est-ce dans le bâtiment ?

"C'est vrai, mais comme je l'ai dit, ce n'est pas destiné à la vente."

« Non, je veux l'acheter. J'ai de l'argent." Elle agita la carte de crédit de l'entreprise. "Aucune limite, apparemment."

«Je suis désolé, je ne peux rien faire d'autre. Je suis soumis à des ordres stricts.

"De qui..."

"Je suis désolé, mademoiselle. Si vous n'achetez rien d'autre, je vais devoir demander à la sécurité de vous escorter hors des lieux."

"Êtes-vous sérieux?" Michelle regarda l'homme avec un air si incrédule que sa bouche s'ouvrit. Ce qui se passait? « S'il vous plaît, je dois acheter ce lustre. Tu n'as aucune idée. Littéralement, ma vie en dépend. J'ai besoin de ce lustre. S'il vous plaît, vous devez me le vendre », cria-t-elle, s'empêchant à peine de tomber à genoux pour la deuxième fois aujourd'hui.

Qu'est-ce qui se passait réellement dans sa vie ?

« Je pourrais mourir si tu ne me vends pas ce lustre. S'il te plaît s'il te plaît s'il te plaît."

Elle avait tellement mis Jerry mal à l'aise qu'il avait crié à la sécurité. Génial, tout simplement génial.

"Je vais m'en occuper."

Jerry s'est enfui immédiatement et Michelle s'est retrouvée en train de regarder un gars qui avait probablement à peu près son âge et sa taille. Certaines filles l'auraient trouvé mignon, avec ses bracelets de perles aux poignets, une boucle d'oreille à l'oreille et ses cheveux bleus et noirs. Sa barbe n'était pas encore complètement rentrée, et il était mince et dégingandé, avec peu de muscles.

"Je ne pars pas sans la duchesse", dit-elle en se redressant. Et elle était là, se demandant pourquoi ils lui confiaient une tâche si facile et s'attendaient à ce qu'elle échoue. C'était pourquoi. Le vendeur des lustres de Stupid Ali a refusé de lui vendre La Duchesse. Mais pourquoi ?

"Je peux vous trouver la duchesse", dit doucement le gars, son regard parcourant la salle d'exposition. Si vous voulez la duchesse, suivez-moi », dit-il avec un gros sourire sur le visage. « Ne vous inquiétez pas de ce que Jerry a dit. Il suit les ordres de mon père.

"Ton père ?" » demanda Michelle alors qu'il la faisait sortir de l'entrepôt.

"Oui, Henry Ali."

"Ali, comme dans Ali's Chandeliers", a-t-elle demandé

. Encore."

"Montre-moi le lustre", dit-elle d'un ton sérieux. "Par ici, ma belle", dit-il, et elle le suivit autour de l'immense bâtiment dans l'obscurité de l'entrepôt avant qu'il n'allume la lumière pendant un bref instant

. a accepté le fait que c'était peut-être ainsi qu'elle se retrouvait dans des situations où la mafia allait lui couper les doigts. Elle s'est

simplement lancée aveuglément dans des situations sans réfléchir, comme suivre un parfait inconnu dans un entrepôt sombre.

, au fait, " dit-il " Quel est le vôtre ?

"Michelle Carter", dit-elle.

"Eh bien, Michelle Carter, sors cette carte de crédit sophistiquée et prépare-toi à la glisser", dit-il en allumant plus de lumières et en retirant un rideau de soie qui recouvrait un lustre. dans toute sa splendeur de diamants et de cristaux. C'était magnifique.

"Pourquoi Jerry ne voulait-il pas me vendre ça ?"

« Je ne sais pas. Quelque chose à propos d'une querelle que mon père a eu à l'école avec les pères des propriétaires de JKS – c'est de l'histoire ancienne. de l'autre côté de la ville. Tout le monde veut la Duchesse pour son savoir-faire et ses diamants accrochés à la main. Mais c'est un con, et c'est votre jour de chance aujourd'hui que vous m'ayez trouvé ici, et je me sens très généreux. dis, belle ? Tu le veux ?

"Je le prends."

"Génial. Mais d'abord, tu dois me donner ta culotte."

"Quoi ? Tu es fou ?"

« Je veux dire, as-tu une idée de ce que mon père va me faire subir quand il découvrira à qui j'ai vendu ce lustre ? Il va crever une autre veine. Mais si tu ne le veux pas, je suppose que je le ferai. Je le livrerai au groupe Tomlin. Ravi de vous rencontrer, Michelle Carter, bonne vie. Non

. Non.

Elle avait jeté sa veste et l'avait laissée dans la voiture, et maintenant elle se mordait la lèvre, posait ses mains sur ses hanches et réfléchissait une fois de plus à ses choix de vie. Elle sortait de ce bâtiment avec . ce foutu lustre, même si elle devait le porter sur son dos, peu importe ce qu'elle devait faire pour cocher cette tâche sur sa liste. « Très bien », cria-t-elle après son dos. Oh, mais elle l'avait fait. S'il pensait qu'elle portait Victoria's Secret sous ses vêtements, tout en soie, satin et sexy, tous séduisants, sensuels et sensuels, pour pouvoir les prendre plus tard, il l'avait complètement mal jugée .

La blague allait totalement retomber sur lui. De plus, ce n'était qu'une paire de sous-vêtements. Quel mal cela pourrait-il faire ? De toute façon, personne ne saurait que cela lui appartenait, et qui était-elle pour juger les défauts de quelqu'un d'autre alors qu'elle-même n'en avait même pas au départ ? Elle n'avait même pas eu de petit ami. C'était une paire de sous-vêtements.

"Doux," dit-il joyeusement.

Ils ont pris des dispositions pour un changement direct ; elle lui remettrait sa culotte dès qu'il appuyait sur le bouton Entrée de son distributeur de carte de crédit pour finaliser la transaction.

Mission accomplie. Et il ne s'agissait certainement pas d'un cas où il s'agissait du voyage et non de la destination. Tout était question de destination. Elle allait s'en sortir. Et à partir de ce jour, chaque décision qu'elle prendrait serait la bonne absolue. Plus de chaos pour elle.

Chapitre 7

Comment a-t-elle fait ?

Jake Knight et ses partenaires commerciaux, Marc et Evan, se tenaient dans la zone de dépôt du chantier de construction et regardaient la beauté époustouflante alors qu'elle sautait d'une jambe à l'autre avec enthousiasme, son visage rougit de rose et ses yeux brillaient comme des diamants. .

"Un lustre, qui monte", rayonna Michelle. "Ta-da", dit-elle en faisant des gestes avec ses mains tandis que le livreur d'Ali's Chandeliers ouvrait l'arrière du camion pour révéler un lustre. "Oh, et c'est Carl," dit-elle en présentant le putain de gamin conducteur.

La duchesse. Elle était là, le lustre même que leur client exigeait d'avoir dans le hall de l'hôtel qu'ils étaient en train de construire parce que c'était le premier et le dernier du genre ; leur client avait rencontré le créateur avant sa mort. Sauf qu'Ali leur avait fait sauter des cerceaux pour tenter de l'obtenir, et ils n'avaient toujours pas réussi.

Il a parlé d'une querelle qu'il avait eue avec le retour de leur père à l'école. Une querelle dont il ne se souvenait même pas correctement. Ils lui avaient proposé jusqu'à dix fois la valeur du lustre, mais il avait insisté et était inébranlable quant à sa vente à une autre entreprise de construction, la seule rivale de JKS.

Alors, comment a-t-elle réussi à l'obtenir, et comment l'a-t-elle obtenu sans payer un centime de plus que la valeur indiquée sur l'étiquette ?

Ils n'aimaient pas non plus la façon dont ce type, ce putain de Carl, la regardait. Un peu trop familier. Jake s'est à peine empêché de se casser le nez, même s'il n'avait pas complètement effacé l'idée de le faire.

N'importe lequel d'entre eux, Marc ou Evan, pourrait faire la même chose : passer devant lui, lui faire trébucher, lui casser le nez avant qu'il ne se redresse et lui laisser croire que tout cela n'était qu'un accident. Ils ont beaucoup appris au cours de leur service militaire.

Mais encore une fois, comment a-t-elle fait ? Et putain, fallait-il qu'elle soit si parfaite tout en restant la sœur de Frank ?

Leur plan pour se débarrasser d'elle semblait avoir échoué sous leurs yeux. Elle n'était pas censée entrer chez Ali et se procurer le lustre. Ils avaient misé sur Ali, lui fermant les portes dès qu'il savait pour qui elle travaillait.

Elle était censée revenir les mains vides puis encaisser le chèque qu'ils lui avaient remis et acheter un autre food truck, et cette fois, ils s'assureraient qu'il était assuré et ne présentait aucun danger pour elle. Ils feraient tout cela sans qu'elle le sache. Mais ils n'auraient certainement plus jamais besoin de la revoir.

Leurs couilles ne pouvaient pas le supporter.

"Bien, je fais des affaires avec toi, ma belle", dit le putain de Carl, le chauffeur, en félicitant Michelle.

Ils n'allaient pas lui casser le nez. Ils n'allaient pas lui casser le nez. Ils n'allaient pas se briser...

Trop tard, aussi subtil qu'un murmure, Jake ne put s'en empêcher. Il tendit la main et serra la main du gars assez fort pour qu'il grimace de douleur.

« Tout va bien, mon pote ? » demanda Jake avec une fausse inquiétude avant de poser sa main sur son épaule, son pouce s'enfonçant un peu trop fort dans son cou, ce qui le fit presque s'agenouiller.

Leurs hommes avaient soigneusement rangé le lustre, non sans se soucier de la beauté qui rayonnait devant eux.

"Eh bien," dit-elle avant de fouiller à nouveau dans son sac. "Je suppose que je n'aurai pas besoin de ça. Non pas que je t'aurais jamais pris de l'argent, juste pour que tu le saches. Il me reste un peu de fierté après que mon food truck a explosé en flammes.

Elle fourra le chèque dans la poche du jean de Marc puis recula.

"Et après?" Elle a demandé si vivement qu'il ne mentirait même pas s'il disait qu'ils pouvaient tous les trois pomper leur bite avec leurs mains et venir juste en la regardant sourire.

Qu'est-ce qu'ils allaient bien faire d'elle maintenant ? Mais d'abord, ils devaient découvrir quel marché elle avait conclu avec le diable et qui lui avait permis de leur acheter la duchesse, et ils prévoyaient de découvrir chaque détail.

Jake plia les genoux, enroula son bras autour de ses cuisses et la souleva par-dessus son épaule, le tout d'une seule main et d'un seul mouvement fluide. Elle ne pesait presque rien, mais la chaleur de son corps et l'odeur de son parfum réchauffaient son sang jusqu'à ce qu'un enfer explose sous sa peau.

Cette fille allait être leur mort.

«Jake m'a rabaissé. Je peux marcher », cria-t-elle en lui frappant l'arrière de la cuisse avec son poing.

"Nous n'avons pas toute la journée pour que vous puissiez vous rendre au bureau avec ces talons ou vous faire tuer par un échafaudage volant si vous deviez marcher seul."

Une fois à l'intérieur de la structure métallique, Jake la déposa sur ses pieds et elle prit quelques instants pour baisser sa jupe. Aucun d'eux ne pouvait éviter de regarder ses cuisses soyeuses.

"Comment avez-vous fait?" » a demandé Marc.

«Vous m'avez confié une tâche et je l'ai exécutée. Cela n'a pas été facile, mais je l'ai fait, et cela prouve non seulement que je suis débrouillard, mais aussi intelligent et compétent, et je serai un atout pour votre entreprise.

"Dites-nous tout", dit Jake en se frottant la mâchoire.

"Tu veux dire tout ?"

"Tout", a ajouté Evan, appuyé contre un bureau, les bras croisés.

"Eh bien, je suis allé chez Ali's Chandeliers, comme vous me l'avez dit, et j'ai demandé à acheter La Duchesse, et ils ont dit d'accord."

"Et si tu nous racontais les moments ennuyeux entre les parties où tu es allé chez Ali et où ils ont accepté la vente ?"

"Bien. Si vous devez le savoir, un vendeur appelé Jerry a refusé de me le vendre alors que je l'avais vraiment supplié de me laisser l'acheter. Il a appelé la sécurité, puis Carl, le chauffeur, a dit qu'il m'escorterait, mais il m'a dit qu'il me laisserait acheter le lustre, alors je l'ai accompagné à l'entrepôt dans le noir, mais il a allumé les lumières et m'a montré La Duchesse, et elle est magnifique. Ouah. Des diamants accrochés à la main ? Ouah.

Donc Carl se trouve être le fils du propriétaire d'Ali's Chandeliers, et il m'a parlé de la querelle de son père avec vos pères à l'école, mais Carl a aussi des problèmes sérieux et profondément enracinés avec son père et voulait se venger de lui. , alors il a dit qu'il me le vendrait au prix indiqué sur l'étiquette, mais il voulait aussi autre chose, alors je le lui ai donné. Nous avons fait un échange... »

« Qu'est-ce que Carl voulait, Michelle ? » demanda doucement Jake.

"Ma culotte", dit-elle si calmement et si complètement indifférent que Jake et ses amis ne pouvaient que la regarder alors qu'une tonne de rage les traversait.

Ce putain de gamin avait sa culotte en sa possession ?

Chapitre 8

D'accord, Michelle n'avait aucune idée de ce qui se passait, mais la quantité de testostérone que lui injectaient les meilleurs amis de son frère était excessive. Et pourquoi avaient-ils l'air si meurtriers ?

"Il a ta culotte ?" Marc lui lança un tonnerre.

« Hmm... Je ne sais pas pourquoi tu es si déformé. Vous m'avez confié une tâche et vous avez dit que si je l'exécutais, j'aurais un travail. J'ai donc fait tout ce qu'il fallait pour faire le travail. Quel est le problème?" Mais sérieusement, pourquoi étaient-ils si en colère ?

« Et je ne suis pas stupide. Carl pensait qu'il allait se procurer une pièce de lingerie sexy en soie et satin ; eh bien, la blague est sur lui. Je portais des sous-vêtements pratiques en coton.

Ils étaient toujours en colère. OK peu importe.

« Puis-je retourner travailler maintenant ? »

« Mettons les choses au clair une fois de plus. Tu lui as donné ta culotte ? » demanda Evan, et ses yeux bleus froids s'assombrirent pour devenir un azur orageux, ce qui ne ressemblait pas à sa nature décontractée normale.

Il était comme un lion paresseux, puissant, mais quand il était détendu, il était décontracté. Son sourire, enfin, ce sourire donnait envie aux filles de lui donner leur culotte. Elle supposait qu'elle pouvait comprendre pourquoi les filles perdaient la tête à cause de lui.

Et Jake et Marc, d'ailleurs, même si Marc souriait rarement et ressemblait à une bête, chaque fille voulait être sa Belle. Et Jake...

Jake avait le genre d'aura qui donnait envie de le suivre à travers une prairie ou au-dessus d'une falaise.

Bien sûr, elle n'a jamais ressenti personnellement aucune de ces choses pour les meilleurs amis de son frère. Elle venait d'observer comment les autres filles réagissaient à leur présence, c'est tout.

Rien de plus.

« Arg. Dans quelle autre langue veux-tu que je le dise ? elle a pleuré. « Carl est un gars sympa, et il a dit qu'il les jetterait probablement dans un jour ou deux, et honnêtement, ce qu'il en fait, c'est son affaire, pas la mienne. Ce n'est donc vraiment pas grave du tout.

"Alors tu ne portes pas de culotte sous ta jupe pour le moment ?" Jake murmura doucement, et son regard brun glissa sur elle. Il ne l'avait jamais regardée ainsi auparavant, et elle avait l'impression qu'il avait ôté ses vêtements rien que de ses yeux.

Peut-être qu'elle avait faim. Il était probablement temps qu'elle mange son sandwich au beurre de cacahuète et à la gelée.

"Non, je ne le suis pas," dit-elle doucement.

"Alors il est temps que nous t'apprenions à ne pas donner ta culotte à des putains d'étrangers." Marc émit doucement mais si dangereusement doux et tendu qu'elle ne l'entendit presque pas. Mais elle ne pouvait s'empêcher de le regarder déboucler sa ceinture et la passer à travers les passants de son jean.

Comme si ce n'était pas assez étrange, son regard surprit Evan et Jake en train de fouiller dans leur bureau, regardant des objets, comme des tournevis et des crochets à rideaux.

"Attendez. Quoi?"

«Regarde dans son sac. Peut-être que nous trouverons quelque chose là-bas.

"Trouver quoi?" » demanda-t-elle alors qu'une bouffée de chaleur dans sa peau montait et devenait plus chaude. Evan ouvrit son fourre-tout et lorsqu'il sortit son flacon de parfum, enleva le couvercle et le mit dans sa poche, elle fronça les sourcils. D'accord, mais que se passait-il ?

Elle recula de deux pas mais heurta le bureau qui serait le sien – ouais, parce qu'elle travaillait pour cela – alors que Jake et Evan se dirigeaient vers elle. Avant de pouvoir prononcer un mot ou reprendre une seconde respiration, elle se retrouva retournée, penchée sur le bureau vide, maintenue sans effort par ses poignets par Jake tandis que derrière elle, Evan relevait sa jupe jusqu'à ce que tout son dos nu soit révélé.

Oh mon Dieu. Sa soudaine nudité devant eux semblait changer l'aiguille de la boussole de sa vie, et cela semblait seulement amplifié par leurs gémissements durs et sourds qui déclenchaient également un feu au creux de son estomac et envoyaient une sensation lancinante à son clitoris.

Que lui arrivait-il ?

"Putain. Elle a vraiment donné sa culotte à ce connard," dit Evan avec la même note sombre qu'elle avait trouvée dans la voix de Marc. Mais ensuite, Jake avait commencé à lui lier les mains avec des cordes, attachant ses poignets aux pieds du bureau. Ses nœuds étaient si infaillibles qu'elle ne pouvait s'échapper à moins de soulever tout le bureau avec elle.

"Je ne sais pas quel est le problème..."

Au début, elle pensait l'avoir imaginé, mais elle a ensuite douté d'elle-même. Non. Non, Marc ne lui aurait pas donné une fessée sur les fesses nues avec sa ceinture, n'est-ce pas ? Il ne le ferait pas...

Mais ensuite son monde s'écroula alors qu'une bouffée de douleur explosa sur sa chair, si douloureusement aveuglante qu'elle lui coupa le souffle et devint un tas de désordre haletant.

Marc lui avait apporté sa ceinture. Il lui avait véritablement porté sa ceinture pendant que Jake l'avait attachée au bureau, et Evan avait empoché le couvercle de son flacon de parfum pour des raisons qu'elle ne pourrait jamais deviner correctement.

Marc lui donnait une fessée comme si elle était une enfant. Son choc n'était contrebalancé que par son indignation, mais même cela était contrebalancé par le hurlement qui s'échappait de ses lèvres lorsqu'il lança trois autres coups coup sur coup. Elle était sûre qu'elle ne pourrait plus jamais s'asseoir. Elle était sûre que la peau de ses fesses resterait enflammée pour toujours et brûlerait à travers ses vêtements, alors elle se promènerait avec ses fesses exposées. Elle perdait la tête, dans tous ses aspects.

"Tu ne donnes pas ta culotte à un putain de salaud qui la demande, Michelle. Est-ce que tu comprends ?" Marc ponctua ses paroles d'un autre fouet retentissant qui transperça le petit morceau de contrôle auquel elle s'accrochait.

Avec ce minuscule degré de contrôle qui la maintenait sous contrôle, ses sens s'effondrèrent sur elle d'un seul coup. Elle a immédiatement pris conscience de la lourdeur de ses seins, de ses mamelons si serrés et douloureux qu'elle avait envie de pleurer ou de les lui écraser.

Son contrôle l'empêchait également de reconnaître l'humidité entre ses cuisses, s'infiltrant entre ses plis. Oh mon Dieu, elle était si mouillée ; elle ne savait pas si son odeur avait commencé à imprégner l'air ou si elle l'imaginait.

Il fallait qu'elle reprenne le dessus. Elle devait faire tout ce qu'il fallait pour qu'ils la libèrent et qu'ils arrêtent de la toucher.

«Je donnerai ma culotte à qui je veux. Vous ne pouvez pas me dire ce que je peux faire et ce que je ne peux pas faire. Tu n'es pas mon patron... Je veux dire, tu l'es parce que tu m'as donné un travail, mais tu n'es pas le patron de ma culotte. Maintenant, arrête de me donner une fessée et laisse-moi partir.

"Nous sommes le patron de chaque putain de partie de toi, chérie," dit Marc si doucement qu'elle était sûre qu'il avait dit quelque chose de complètement différent. « La bonne réponse était oui ; Je comprends, mais tu n'as pas dit ça, » continua-t-il d'un ton normal, « ce qui signifie que tu as besoin d'une leçon plus difficile à apprendre.

Elle regarda Evan retirer le capuchon du parfum de sa poche et le laver dans l'évier de leur bureau. Il est venu se tenir derrière elle, et elle a tourné la tête pour les voir, tous les trois alignés devant ses fesses nues.

« Ça va lui faire mal si ça se passe à sec, même si elle mérite qu'on lui fasse du mal de cette façon. Elle y réfléchira à deux fois avant d'abandonner sa culotte si quelqu'un la lui demande à nouveau," dit doucement Evan, comme si elle ne pouvait pas entendre ce qu'ils disaient.

"Ouais, mais elle est toujours vierge et elle pourrait se déchirer, mais il n'y a rien ici que nous puissions utiliser comme lubrifiant", a déclaré Jake. Elle rougit de mille nuances de rouge. Comme c'était présomptueux de leur part de penser qu'elle était encore vierge. Elle l'était, mais c'était quand même présomptueux.

"Et nous ne touchons pas sa chatte, pour utiliser son humidité comme lubrifiant, peu importe à quel point elle est mouillée. On la touche là, et c'est fini pour nous. Nous ne le faisons pas », a déclaré Marc.

"Je suppose que cela ne nous laisse qu'une seule chose à faire."

Chapitre 9

La seule chose qu'on pouvait entendre dans le bureau de métal était la respiration saccadée et sanglotante de Michelle – ses fesses la piquaient encore pour l'amour de Dieu, et elle n'allait jamais s'en remettre.

Et puis le bruit de leurs fermetures éclair baissées a résonné dans tout son corps. Elle tira brusquement sur les liens de ses poignets. Un flot d'humidité coulait de sa chatte, et son clitoris lui faisait mal avec une ferveur si tourmentante que si elle ne se touchait pas, elle allait exploser.

Elle tourna la tête pour regarder derrière elle, et le gémissement étranglé qui montait de sa gorge jusqu'à sa langue ne semblait pas venir d'elle. On aurait dit que cela venait de tout son corps nécessiteux. Que lui arrivait-il ? Ces hommes étaient les meilleurs amis de son frère. Ils ont grandi ensemble. Ils la considéraient comme une peste dans les bons jours, et le reste du temps, ils ne s'en souciaient pas et ne se souciaient pas de savoir si elle existait ou non.

Comment son corps pouvait-il la trahir ainsi ?

Mais le spectacle qui s'offrait à elle resterait gravé dans son esprit jusqu'à la fin de l'éternité.

Marc, Jake et Evan avaient retiré leurs queues immenses et bulbeuses de leur caleçon blanc et étalaient leur pré-sperme sur le bouchon en forme de dôme de son flacon de parfum préféré.

Sa respiration était plus saccadée maintenant que lorsque Marc lui avait donné une fessée avec sa ceinture. Son corps brûlait plus férocement maintenant que lorsque le cuir de sa ceinture s'était enfoncé dans sa peau et avait déclenché une cacophonie de feux d'artifice.

Elle ferma les yeux et revécut les quelques secondes de ce qu'elle avait vu dans son esprit. Leurs queues étaient si grosses, longues et épaisses, enveloppées de veines qui coulaient comme des rivières tout autour de leur largeur significative. Le pré-sperme qui brillait des fentes de la tête de leurs tiges l'avait hypnotisée comme s'il s'agissait d'une mare d'eau qu'elle voulait goûter pour étancher sa soif.

Leurs avant-bras étaient musclés et leurs mains, grandes, rugueuses et calleuses, étaient fortes et sexy. Ensuite, ils avaient utilisé le bout de leurs doigts pour essuyer leur humidité et enduit le bouchon en verre en forme de dôme de son flacon de parfum tandis que, entre ses jambes, sa propre excitation restait intacte.

Ils ne voulaient pas la toucher.

Mais ils interrompirent ses pensées lorsqu'elle sentit une main sur le bas de son dos. Chaque callosité brûlait à travers le tissu retroussé de sa jupe pour qu'elle puisse le sentir sur sa peau. La main de Marc.

Jake et Evan écartèrent ses fesses. Un cri d'indignation sortit de ses lèvres. Oh mon Dieu, non. Mais avec son souffle suivant, Marc sonda les limites étroites de son trou du cul en la baisant encore et encore.

Mon Dieu, qu'est-ce qu'ils lui faisaient ?

Elle se prépara, écartant les jambes jusqu'à ce que Jake et Evan pressent leurs cuisses contre elle, la maintenant en place pendant que Marc pénétrait la partie la plus intime de son corps avec le bouchon de son flacon de parfum.

Les larmes coulèrent sur son visage alors qu'il l'ouvrait, la traversant, l'affaiblissant et la rendant pourtant plus humide que jamais. Elle se tordait contre la table, incapable d'en prendre ne serait-ce qu'un morceau de plus. Elle allait se désintégrer.

"D'accord. D'accord. Je comprends. Je ne donnerai plus ma culotte à personne. Je promets. S'il vous plaît s'il vous plaît." Mais elle ne les suppliait pas d'arrêter. Elle les suppliait de la toucher. Son corps était entré dans une sorte de transe et elle ne parvenait plus à réfléchir correctement. Elle avait besoin d'être touchée.

"Putain," rugit Jake derrière elle alors qu'ils l'abandonnaient et venaient se tenir devant elle. Jake commença immédiatement à délier l'un de ses poignets.

"Touche-toi, chérie," dit Evan en se baissant pour qu'elle puisse voir son visage. Elle secoua la tête, mais c'était trop. Ils l'avaient touchée et elle était tombée d'une falaise.

"Fais-toi jouir maintenant", ordonna Marc. Elle ne le pouvait pas, sauf qu'elle le faisait. Elle glissa la main que Jake avait relâchée entre ses cuisses et se força à jouir en quelques secondes. Elle n'avait même pas fini avant de se précipiter pour être complètement libérée.

Ils l'avaient obligée à se toucher plutôt que de la toucher eux-mêmes. Sa fierté n'allait pas s'en remettre.

~~~***~~~

Eh bien, tout simplement génial. Michelle sanglotait autour d'un bol de glace dans l'obscurité de son petit appartement. Elle était de retour à la case départ. Sans emploi. Et peu de temps après, elle pourrait également ajouter des doigts à ses attributs.
~~~

Snake était passé, toujours aussi agréable, et lui avait récité un tragique Shakespeare entre-temps, lui expliquant toutes les manières dont il pouvait lui retirer les doigts. Juste une journée dans la vie de Michelle Carter.

Tout ce travail et rien à montrer.

Elle n'était pas censée avoir devant eux le point culminant le plus embarrassant de sa vie. Non, ils n'étaient pas censés soulever sa jupe, lui donner une fessée avec une ceinture, avoir pitié d'elle parce qu'ils n'avaient pas de lubrifiant mais ont trouvé d'autres moyens, puis ont inséré le bouchon en forme de dôme de son flacon de parfum dans son cul.

Et elle était venue. Dur. Férocement. Sans fin, au point qu'ils l'ont renvoyée. Parce que c'était ce qui s'était passé après qu'ils l'avaient relâchée, et qu'elle avait redressé sa jupe, trop mortifiée pour retirer ce qu'elle avait dans les fesses devant eux.

Ils étaient probablement plus embarrassés qu'elle.

J'emmerde ma vie.

Pourquoi son corps ferait-il ça ? Elle ne les aimait même pas. Plus maintenant, en tout cas. Pas depuis qu'elle avait dix-neuf ans.

Elle n'avait pas vérifié son téléphone, trop misérable pour bouger. Mais comme il n'arrêtait pas de biper, elle se traîna jusqu'à sa chambre pour le trouver et s'assit sur son lit lorsqu'un afflux de messages arriva de Melissa.

Elle a répondu immédiatement à son appel sans avoir lu aucun de ses messages au préalable.

« Mélissa, qu'est-ce qui ne va pas ? Tout va bien?"

"Oh mon Dieu, tu es une belle petite salope. J'ai toujours su que tu allais prendre le monde d'assaut. Je n'aurais tout simplement jamais pensé que ce serait ainsi.

"De quoi parles-tu?" » a demandé Michelle, à moitié intéressée. Quel nouvel enfer l'attendait maintenant ?

"Je viens de vous envoyer un lien."

"Je te rappellerai", dit distraitement Michelle en cliquant sur le lien que Melissa lui avait envoyé. Et elle était sûre d'avoir entendu sa mâchoire tomber.

Elle était là dans le tout petit montage vidéo, elle disait bien, elle avec ses mains sur ses hanches dans sa jupe rose et son haut en mousseline blanche, se mordant la lèvre, puis une vue de ses fesses, et puis bien sûr une diapositive de sa culotte. . C'était là. Sa culotte en coton rose avec le mot samedi dessus, sauf que c'était jeudi quand elle l'avait portée.

Que diable? Il n'y avait qu'une seule personne qui aurait pu effectuer cette modification. Carl Ali. Argh. Eh bien, cela ne voulait rien dire et elle n'avait aucune idée de ce que Melissa voulait dire. Elle l'a quand même rappelée.

« Vous l'avez regardé ? Mélissa a crié.

"Oui, ce n'est rien."

"Ce n'est rien? Fille, cette vidéo est virale. Vous n'avez pas vu ça ?

«Eh bien, je ne sais pas pourquoi. J'ai l'air stupide et... »

« Parfois, j'ai envie de te secouer. Premièrement, tu es magnifique, et toute cette vidéo est tellement mignonne. Je veux dire, regarde toi. Mais comment n'avez-vous pas vu qui a aimé cette vidéo ? »

"Dis-moi. Attendez, je dois prendre cet appel. Elle a mis Melissa en attente.

Espèce de petite merde. Tu as dit que tu allais le jeter. Oh, j'ai vu la vidéo que tu as faite. L'entrepôt avait une caméra, n'est-ce pas ?

"C'est vrai", dit Carl penaud de l'autre côté.

"Je devrais te tuer."

"Vous ne devriez pas le faire si vous voulez un million de dollars."

« De quoi tu parles, Carl ? Je suis fatigué et je veux aller me coucher.

« Fille, tu n'as aucune idée. Un prince, un vrai prince, comme dans votre putain d'altesse royale, le prince, a aimé cette vidéo de vous, et il m'a contacté en me disant qu'il voulait me payer deux millions de dollars pour votre culotte, mais qu'il voulait vous rencontrer pour le dîner. Tu ne vas pas dire non parce que nous avons tous les deux besoin d'argent. Mon père m'a chassé de la maison, donc maintenant je suis sans abri. Je vais vous envoyer les détails et vous allez vous présenter.

Michelle ferma les yeux et se laissa tomber sur le lit. Elle essaya de revenir sur les dernières minutes de sa vie. Un prince. Un million de dollars. Une vidéo virale d'elle étant « mignonne ». Sa culotte.

Elle sauta du lit. Un million de dollars si elle dînait avec un prince. Elle pourrait rembourser sa dette mafieuse, puis se rendre dans l'endroit le plus éloigné d'ici, pour ne plus jamais avoir à les revoir.

Chapitre 10

S'il n'y avait pas eu Melissa, qui était venue avec une variété de robes de ses défilés de mode et une valise de maquillage, Michelle se demandait combien d'efforts elle aurait déployé pour s'habiller si elle avait été laissée à elle-même.

Melissa lui avait également envoyé d'innombrables images du prince, qu'elle trouvait magnifique comme une star de cinéma. Michelle s'en fichait d'une manière ou d'une autre. Elle avait voulu se remettre sur pied toute seule et qui savait que tout ce qu'elle avait à faire était de vendre une paire de ses culottes. Tellement facile.

Carl lui avait envoyé les détails de leur dîner et lui avait dit qu'une limousine viendrait la chercher. Il lui a dit que le père du prince Aldric était propriétaire de l'hôtel cinq étoiles où ils se rencontreraient, dont la construction aurait coûté plus de dix milliards de dollars. Qu'est-ce qu'un million de dollars comparé à dix milliards, n'est-ce pas ?

Melissa avait insisté pour qu'elle porte la robe longue lilas pâle qu'elle avait apportée. C'était frais et séduisant, mais aussi sexy et sensuel et digne d'une princesse, a-t-elle dit. Michelle a arrêté de lui dire qu'elle ne serait pas une princesse. Elle allait prendre l'argent et s'enfuir aussi loin que possible de Marc, Jake et Evan.

Elle se regarda une fois de plus dans le miroir et dut admettre que Melissa l'avait fait ressembler à une princesse après tout, y compris son maquillage et ses cheveux, qu'elle avait laissés aussi naturels que possible.

La limousine est arrivée à l'heure et bientôt Michelle a été conduite avec chauffeur au Lilian, l'hôtel de luxe, pour un dîner avec un prince.

Droite.

L'opulence ne couvrait pas vraiment la beauté englobante qui s'étendait devant elle lorsqu'elle entra dans l'hôtel. Mais dès son arrivée, elle fut emmenée par trois personnes d'allure officielle et deux hommes qui ressemblaient clairement à des gardes du corps vers la salle à manger, qui était vide à l'exception du prince Aldric, vêtu d'un costume avec une épinglette arborant le drapeau. de son pays.

Elle aurait vraiment dû être plus nerveuse qu'elle ne l'était, mais d'une manière ou d'une autre, elle se sentait un peu morte intérieurement. Mais elle devait admettre que le prince avait vraiment essayé.

«Ma belle Michelle», dit-il avec son accent européen. «Je crains que ce ne soit pas seulement l'achat de vos sous-vêtements que je recherche, même si c'est déjà une affaire conclue, comme vous le dites ici en Amérique.

« L'argent sera transféré sur votre compte et sur celui de M. Ali avant la fin de la nuit. Mais j'espérais pouvoir aussi gagner le cœur du propriétaire. Je suis tombée éperdument amoureuse de toi, ma belle Michelle, dès le premier instant où j'ai vu ta vidéo apparaître sur ma page. Sachez que je suis très sérieux dans ce que je dis maintenant. Je n'arrive pas à te sortir de mon esprit. Veux-tu m'épouser?"

Le prince Aldric tendit la main pour lui prendre la main mais s'arrêta à mi-chemin au son d'une menace effrayante. Son cœur manqua un battement tandis que son corps se réchauffait instantanément à la présence qui l'entourait.

~~~***~~~

Ils auraient dû savoir qu'ils ne pourraient pas vivre un autre jour sans elle. À quel point étaient-ils stupides de penser ce qu'Evan pensait ?

Après qu'ils eurent fait de leur mieux pour ne pas la toucher dans leur bureau de chantier, choisissant plutôt de la renvoyer et de la renvoyer chez elle avant que les hommes des cavernes qu'elle les avait transformés ne reprennent vie, et ils emmenèrent son corps juste là, sur le bureau avec tous leurs hommes. dehors.

Mais ce n'était pas bien. Elle méritait tout le putain de monde.

Mais pendant qu'ils s'étaient approchés de Frank et lui avaient dit exactement quelles étaient leurs intentions, sa sœur Michelle et sa foutue acolyte, Carl Ali avait vendu sa culotte à un putain de prince.

Et maintenant, ce prince était sur le point de toucher à leur propriété, peu importe qu'il lui ait demandé de l'épouser.

Michelle Carter leur appartenait. Personne d'autre qu'eux. Ils le savaient depuis qu'elle avait dix-neuf ans, et honnêtement, ils n'avaient pas eu une bonne nuit de sommeil depuis.

Ils n'avaient pas donné à Frank beaucoup de chance de s'y opposer et avaient clairement fait comprendre qu'ils n'étaient que courtois en lui disant qu'ils allaient épouser sa sœur parce que, putain, ils avaient fini de vivre sans elle.

Mais revenons au prince, qui voulait non seulement lui payer un million de dollars pour sa culotte, mais aussi l'épouser.

Touchez-la, et nous devrons vous casser la main », dit Marc. Il avait vraiment cette obscurité terrifiante comme une forme d'art. Eh bien, il était vraiment grincheux avec tout le monde,
~~~

mais c'était toujours Michelle qui réussissait à le faire sourire quand il pensait que personne ne le regardait.

"Je vous demande pardon. C'est un dîner privé et vous faites intrusion. Je demanderai à ma sécurité de vous expulser des lieux immédiatement. Il claqua des doigts et ses trois gardes du corps apparurent de nulle part.

D'accord, Evan espérait vraiment que Michelle appréciait le fait qu'ils s'étaient habillés avec des putains de smokings pour elle et qu'ils avaient les cheveux coupés et la barbe soigneusement taillée. Mais ils affrontaient un prince et ils devaient s'habiller en conséquence. D'après son expression, elle n'était pas aussi impressionnée qu'ils le pensaient. En fait, elle avait l'air un peu en colère.

"En fait, c'est vous qui avez intrus", dit Jake d'un ton léger, levant la main vers les trois gardes du corps, les maintenant en place.

"Mon père est propriétaire de cet hôtel."

« Plus maintenant, il ne le fait plus. Et nous sommes les patrons de sa culotte. Tous."

Ouais, et s'ils devaient enfiler des costumes, ils pourraient aussi bien lui acheter tout ce putain d'hôtel.

« Si cela ne vous dérange pas, nous allons emmener notre femme. Mais restez et profitez de votre dîner », dit Evan en tirant facilement sa chaise et en la soulevant de son siège. Elle n'est pas partie tranquillement avec eux alors qu'ils l'amenaient dans le costume penthouse.

... Où ils prévoyaient d'en faire leur épouse par tous les moyens possibles.

Chapitre 11

Michelle était tellement en colère qu'elle avait envie de cracher.

Comment osent-ils revenir dans sa vie après trois jours sans contact, trois jours depuis qu'ils ont refusé de la toucher, de la faire jouir alors qu'elle en avait tellement besoin, et puis elle a encore une fois gâché sa vie. En se touchant. Devant eux. C'est si honteux que cela lui est resté comme une pierre au creux de l'estomac par la suite. Elle n'a jamais voulu les voir. Jamais. Mais les voilà de nouveau.

Ils l'avaient emmenée dans ce qui ressemblait au costume penthouse, et elle était de moins en moins impressionnée par leurs pitreries. Mais cela n'enlevait rien au fait que son cœur battait à tout rompre dans sa poitrine et que son corps s'emballait à la vue d'eux en costumes, si soignés qu'ils ressemblaient à... des milliardaires.

"Tu as juste perdu ton temps en m'amenant ici parce que je pars et je vais voir le prince Aldric parce qu'il me doit de l'argent pour ma culotte et puis je vais payer mon usurier de la mafia et ensuite je vais pour acheter un billet d'avion pour l'autre bout du monde, aussi loin de toi que possible.

Elle se précipita vers la porte puis se retourna.

« Et ce que tu as fait à Aldric était pathétique. Vous n'êtes pas propriétaire de cet hôtel. Son père le fait. Elle tourna de nouveau les talons et se dirigea une fois de plus vers la porte, mais elle ne voulut pas s'ouvrir. Elle secoua et secoua la poignée et cette foutue chose ne bougea pas.

«Cet hôtel est à votre nom, Michelle. Il vous appartient."

Elle ne pouvait pas croire les paroles de Jake, alors elle choisit de l'ignorer. Pourquoi lui achèteraient-ils un hôtel entier ? Mais Aldric avait été contraint de partir. Il ne l'aurait pas fait autrement. Ont-ils vraiment acheté l'hôtel ? Cela n'avait pas d'importance.

Elle se retourna encore une fois. "Laisse moi sortir."

« Reculez un peu. Vous avez dit le gars de la mafia, usurier ? » demanda Jake, son visage à la fois incrédule et protecteur.

"Oui. Beaucoup de gens en ont un, alors arrêtez de me juger. Elle s'en fichait qu'ils sachent. De toute façon, cela n'avait pas d'importance. Elle aurait pu être la personne la plus organisée de la planète, mais ils n'auraient pas voulu la toucher avec une perche de trois pieds.

Oh, elle les avait entendus cette nuit-là.

"Maintenant, laissez-moi sortir pour que je puisse aller chercher mon argent auprès d'Aldric, payer ma dette et ne plus jamais vous revoir."

« C'est pourquoi il faut trois maris, car un ou même deux ne suffisent pas. »

Quoi ?

« L'un de nous doit s'assurer que votre entreprise ne s'enflamme pas », a déclaré Marc.

"L'un de nous doit s'assurer que vous ne prenez pas d'argent à cette putain de mafia." » ajouta Jake.

"L'un de nous doit s'assurer que vous ne vendez pas votre culotte à des hommes étranges", a déclaré Evan.

"Eh bien, je me débrouillais bien avec les trois avant ton arrivée, alors..."

"Laisse-nous prendre soin de toi, Michelle." Elle releva la tête et son regard rencontra celui de Marc. Elle n'avait jamais entendu ce côté de sa voix auparavant. Doux et pourtant toujours aussi dominant.

Pourquoi? Tu ne m'aimes même pas. Vous ne me frapperiez pas avec une perche de dix pieds si j'étais la dernière femme sur terre.

« Vous avez entendu ça ? » » a demandé Evan.

"Je l'ai fait." Elle venait d'avoir dix-neuf ans quelques semaines auparavant, et son frère, qui adorait faire un barbecue, en avait organisé un pour ses amis et elle les avait accidentellement entendus dire cela à son sujet lorsqu'un des autres amis de son frère lui avait demandé s'ils voulaient coucher avec elle. .

« Auriez-vous préféré que nous lui disions la vérité ? » » dit Evan.

"La vérité?" » demanda-t-elle doucement.

"Oui. Comme nous ne voulions rien d'autre au monde que de ravir votre corps avec toute la gourmandise de nos âmes. Comme nous voulions te baiser de toutes les manières possibles. Lent et doux, sale et dépravé. Elle frémit aux paroles de Marc.

"Comme nous voulions entrer en toi, dans ta bouche, sur ta peau jusqu'à ce que notre sperme s'infiltre dans ton sang et tatoue notre nom sur ton cœur", a ajouté Jake.

"Comme nous voulions t'élever, Michelle, jusqu'à ce que ton ventre gonfle avec notre enfant et que nous puissions goûter le lait de tes seins", a déclaré Evan.

« Mais tu étais la sœur de Frank et nous avons respecté ce code. Mais tu ne nous laisserais pas seuls. Tu pourrais respirer à l'autre bout du monde, et nous aurions toujours mal pour toi », a déclaré Marc.

"Maintenant, viens ici et sois notre femme pour le reste de nos vies."

Elle avait dû tout imaginer, mais elle avait besoin de savoir alors elle s'approcha lentement d'eux et tendit la main vers leurs visages.

Elle s'était dit un million de fois qu'elle ne les trouvait pas attirants. Mais elle ne faisait que protéger son cœur. Ils étaient ridiculement beaux, forts, virils et réels. Si réels qu'elle pouvait sentir leurs battements de cœur tonitruants comme les siens parce qu'ils correspondaient battement pour battement.

"Tu m'aimes", murmura-t-elle et en réponse, ils l'écrasèrent contre eux, se relayant avec sa bouche, suçant ses lèvres et lui volant son souffle. Elle n'avait jamais été embrassée de cette façon auparavant et les sensations tumultueuses ne faisaient que la rendre encore plus humide.

Marc prit possession de sa bouche comme elle l'avait secrètement rêvé. Il lui montra qui commandait dès le premier contact lorsque sa langue entra dans sa bouche et la marqua de son goût.

Il l'embrassa jusqu'à ce qu'elle veuille tomber à genoux en signe de supplication, mais il lui prit aussi et elle savoura les grognements profonds et durs qu'il émit dans sa poitrine lorsqu'il l'approcha si près qu'elle pouvait sentir sa bite palpitante contre elle.

Il la remit ensuite à Jake et elle n'en attendait rien de moins. Il la nourrit, lui donna sa langue à sucer et la tint patiemment pendant qu'elle explorait sa bouche avec curiosité.

Au moment où Evan l'atteignit, ses lèvres étaient enflées, et elle était accro à leur goût et avait besoin de leurs baisers, sauf qu'il la taquinait sans pitié jusqu'à ce qu'elle soit en désordre dans ses bras, puis il rit et la porta jusqu'au lit dans le magnifique suite penthouse.

Ils lui enlevèrent ses vêtements et embrassèrent chaque centimètre carré de son corps, la retournant d'une façon et d'une autre afin de couvrir chaque étendue de peau, de ses paupières à ses mamelons et jusqu'à ses orteils.

La chaleur entre ses cuisses la tuait. Elle en avait besoin en elle. Maintenant. Peur qu'ils disparaissent si elle attendait plus longtemps. Mais toutes ses pensées ont disparu dans les airs lorsqu'ils ont écarté ses jambes et ont amené leur bouche à sa chatte.

Mon Dieu. Sa tête se souleva du lit et elle se tortilla pour essayer de s'enfuir – les sensations étaient trop intenses pour elle alors que cela alimentait en elle un besoin si féroce qu'il lui faisait peur.

Ils se relayèrent pour embrasser ses plis et sucer son clitoris et ils la firent chacun jouir dans leur bouche, la maintenant au sol pour qu'elle ne puisse pas échapper à leurs contacts effrontés.

"S'il vous plaît," cria-t-elle. "Maintenant. S'il vous plaît, ne me faites pas attendre."

Marc s'est élevé au-dessus de son corps jusqu'à ce qu'il la domine.

"Comprends-tu ce que signifie faire de toi notre femme, chérie?"

"Oui. S'il te plaît. Tout et n'importe quoi."

Marc rit. "Cela signifie que nous pouvons prendre ta virginité en même temps. On parle de la virginité dans ta bouche, ta chatte et ton cul, Michelle, mais quand on jouira, on va entrer dans ta chatte et ton cul, nous trois joints à l'intérieur de ton corps, séparés seulement par ça votre fine gaine de tissu. C'est comme ça qu'on te réclame, chérie, quand on te baigne dans notre sperme. Tu comprends maintenant? Comprenez-vous que ça va faire mal votre première fois ?

"Oui je le fais. S'il vous plaît, faites-le maintenant. Je vais devenir fou si tu ne le fais pas.

« Rien non plus ne nous séparera. Nos bites seront nues à l'intérieur de toi.

Elle leva les hanches puis retomba de peur face à la taille de la bite de Marc. Comment allait-elle les prendre tous les trois ?

« Tu es fait pour nous. Votre corps acceptera nos bites.

Elle les regardait avec un émerveillement ensorcelé alors qu'ils enlevaient leurs vêtements, et elle était aveuglée par leur magnificence. Leurs corps étaient des machines finement réglées de muscles, de puissance, de grâce et de beauté.

Ils étaient d'une beauté indescriptible. Mais lorsqu'elle aperçut leurs trois queues, la peur revint décuplé. Ils allaient la briser avant de s'adapter à elle, mais elle voulait cet honneur plus que son prochain souffle.

Jake s'est allongé sur le lit et l'a amenée sur son corps, sa chatte étalée sur sa queue, et l'intimité l'a impressionnée.

Evan se tenait devant elle et familiarisait lentement ses lèvres avec la tête de sa queue. Son goût l'a séduite, et elle a rapidement commencé à le sucer avidement alors qu'elle se tordait sur la bite de Jake, de haut en bas, frottant sa chatte sur sa tige veineuse, jusqu'au large bout de sa dureté qui glissait juste un peu entre ses lèvres avant qu'elle pressa son clitoris contre lui.

Derrière elle, le souffle de Marc lui murmurait le long de la colonne vertébrale avant de se déployer contre son trou interdit. Elle inspira et vit des étoiles derrière ses yeux fermés alors que la langue de Marc parcourait son anneau étroitement serré.

Elle cria alors qu'il appuyait deux doigts mouillés sur son endroit le plus privé et poussait à l'intérieur d'elle, la distrayant avec sa langue alors qu'il continuait à lécher tout autour d'elle. Un tremblement de tout le corps la submergea alors qu'elle sentit la bruine de sa salive couler entre ses fesses avant qu'il ne l'attrape avec ses doigts et ne glisse à nouveau en elle.

Et puis deux doigts sont devenus trois et soudain l'odeur de l'huile de noix de coco, faisant clairement partie du paquet de toilette de l'hôtel, a rempli l'air alors qu'il glissait ses doigts glissants dans et hors de son ouverture inférieure, la berçant pendant qu'il massait sa chair intérieure, l'étirant, lui faisant tremper la bite de Jake et s'accrocher à celle d'Evan pour la vie.

Oh mon Dieu. Son corps était sous leur charme et elle ronronnait pour eux. Mais ils prenaient trop de temps.

"Maintenant," siffla-t-elle. Elle devait leur montrer son amour. Et ils ont obligé.

Jake la souleva un peu, puis capturant ses lèvres, il la fit descendre sur sa queue, élargissant son entrée pour l'adapter à son épaisseur, pénétrant les profondeurs de son humidité avec une telle domination que des larmes coulaient de ses yeux. Et puis il l'a prise complètement, sa possession pleine et rapide et si profondément qu'elle ne pouvait plus respirer de peur d'être déchirée.

Elle eut peu de temps pour répondre à la douleur de se voir retirer sa virginité lorsque Marc lui versa de grandes quantités d'huile de noix de coco dans le cul, puis aligna sa bite sur la partie la plus embarrassante de son corps et la pénétra lentement, fermement mais pleinement.

Elle s'est immédiatement séparée, sanglotant sous la douleur scandaleuse mais profonde d'être étirée jusqu'aux limites de son corps, mais elle a quand même permis à Evan de glisser sa bite dans sa gorge jusqu'à ce qu'elle ait des haut-le-cœur, tout aussi effrayée mais complètement désespérée de sa possession aussi, tant que il était aussi à l'intérieur d'une partie d'elle. Il se retira, grognant contre elle alors qu'il se penchait, lui prit le visage en coupe et l'embrassa tendrement sur les lèvres, en contraste direct avec la façon dont il lui avait fait avaler son sexe jusqu'à ce qu'elle puisse le sentir dans sa gorge, une expérience aussi époustouflante que d'avoir sa virginité. pris.

Lorsqu'il l'a abandonnée pour aller derrière elle, la perte de sa présence dans son corps l'a détruite, mais elle a alors pu sentir sa bite, mouillée par la bouche et maintenant une couche d'huile aussi, à l'entrée de son cul. Marc s'est retiré et Evan a poussé.

Ils ont poussé à tour de rôle en elle jusqu'à ce qu'ils se rencontrent au milieu et la pénètrent en même temps jusqu'à ce qu'ils soient tous les trois si complètement et profondément en elle qu'elle pensait qu'elle allait s'évanouir. Le besoin naturel de son corps de se protéger était submergé, mais elle n'était pas assez forte face à leur demande dominante pour son corps et son succomber à eux n'était rien d'autre qu'une sensualité bouleversante avec une agonie si délicieuse qu'elle sanglotait contre la poitrine de Jake.

Son corps a brûlé. Son esprit s'est brisé. La brûlure en elle causée par l'étirement de trois bites, sa chair moulée pour s'adapter à leur énorme taille, était si étonnamment douloureuse qu'elle la fit basculer dans le royaume des ténèbres. Elle retint son souffle, craignant de se briser si elle l'osait.

"Nous t'aimons."

Et ce sont ces mots qui l'ont ramenée, qui ont amené son corps à les accueillir, qui les ont adoucis. Elle s'abandonna à eux, abandonnant sa féminité à leur appel. Elle leur a ouvert son corps et leur a créé une maison, au plus profond d'elle, remplie de tellement d'amour qu'elle en était transcendante.

Elle ronronnait et gémissait, bougeant lentement son corps, fermant les yeux alors qu'elle les sentait s'abandonner à elle, comme s'ils n'en pouvaient plus, et murmurant son nom comme un chant qu'ils brisaient en elle, la remplissant de leur essence, la réclamant, la stigmatisant, la faisant leur pour toujours, alors qu'ils l'écrasaient contre eux, ne la laissant jamais partir.

À ce moment-là, elle a vu son avenir, tout tracé devant elle. Marc, Jake et Evan. Leurs enfants. Beaucoup d'entre eux. De l'amour et du rire pour une éternité.

Qui aurait pensé qu'elle devait faire exploser son food truck, devoir de l'argent à la mafia et vendre sa culotte à un prince pour la retrouver heureuse pour toujours. Elle recommencerait certainement rien que pour ça. Pour eux.

Don't miss out!

Visit the website below and you can sign up to receive emails whenever Dave Kerlson publishes a new book. There's no charge and no obligation.

https://books2read.com/r/B-A-NSFNB-PJLLD

BOOKS 2 READ

Connecting independent readers to independent writers.

Did you love *3 Patrons Robustes et une fille Désemparée*? Then you should read *Compagnon oublie*[1] by Dave Kerlson!

[2]

Compagnon Oublié : Un voyage captivant dans le monde des métamorphes et des souvenirs perdus

Dans « Compagnon Oublié », Zenia, une jeune femme métamorphe, mène une vie tranquille en tant qu'assistante administrative de l'Alpha Jericho Savidge. Mais sa routine quotidienne est bouleversée lorsqu'elle rencontre Greyden James, un homme qui a presque détruit sa vie.

---

1. https://books2read.com/u/38vWXZ

2. https://books2read.com/u/38vWXZ

Alors qu'elle tente de fuir ses souvenirs douloureux, Zenia découvre que Greyden est à la recherche de sa compagne, dont l'odeur lui est familière.

Also by Dave Kerlson

Compagnon oublie
Protégé
Te Laisser partie
Chaleur Interdite
Le chaton du viking
Ombres et désir
Le Joker De la Riene
Ne Touchez pas
3 Patrons Robustes et une fille Désemparée
À Court de Loyer